EDICIONES
**ekaré**

Edición a cargo de María Cecilia Silva-Díaz
Diseño y dirección de arte: Irene Savino

© 2016 José Sanabria, texto
© 2016 Celeste Berlier, ilustraciones
© 2016 Ediciones Ekaré

Av. Luis Roche, Edif. Banco del Libro, Altamira Sur. Caracas 1060. Venezuela
C/ Sant Agustí, 6, bajos, 08012 Barcelona. España

www.ekare.com

ISBN 978-84-944291-4-9 / Depósito legal B.26545.2015

Impreso en China por RRD APSL

Ediciones Ekaré

# DOMINGO
## en el
# MERCADO

José Sanabria • Celeste Berlier

Los domingos, mi papá y yo bajamos
a Miraflores a vender las frutas y verduras
que cosechamos arriba en la montaña.
La plaza del mercado es muy ruidosa.
Unos compran y otros venden, y todos gritan
para que se les escuche entre el ruido
de las gallinas y los cascos de los caballos,
burros y mulas.

Esa mañana llegamos un poco tarde.
Casi todos los puestos estaban ya en pie
y se sentía el olor de las frutas: mangos,
zapotes, papayas, curubas y granadinas.

¡El día de mercado comenzaba!

Mientras mi papá acomodaba la fruta, me fui a dar una vuelta.
En los puestos se vendían sombreros, canastos, cucharas
y muchas cosas más. Allí estaba doña Briseida con sus arepas
rodeada de niños que querían desayunar. Entre ese grupo,
vi que se colaba Toto, el monito de la plaza. Nadie sabía
cómo había llegado al pueblo. Unos decían que escondido
en una canoa, y otros, que en la mochila de un gringo.
Lo que sí sabían todos es que a Toto le gustaba robar comida.

En un descuido de la vendedora,
Toto agarró una arepa. Doña Briseida
lo echó a escobazos y el pobre salió
volando y cayó sobre un bulto de café.

De ahí Toto saltó al puesto de don Julio y sus
gallinas, rompiendo casi todos los huevos.
Las gallinas estaban furiosas. Toto logró escapar
y se escondió en la tienda de Mercedes.
Allí aprovechó y estiró la mano para robar
un trozo de queso.

Esta vez nadie lo vio y se lo pudo comer
tranquilo en su escondite.

Un aroma de sopa con cilantro anunció
que ya iba siendo la hora del almuerzo.
Me dio hambre y fui a buscar a mi papá.

Llegó la tarde y hacía mucho calor. Algunos dormían la siesta y otros preparaban café con la música al fondo.

De pronto sucedió algo inesperado, terrible...

¡Apareció un toro enorme
que corría como un loco!

La gente se puso a gritar.
El animal pasó como un huracán,
rompiendo todo a su paso.

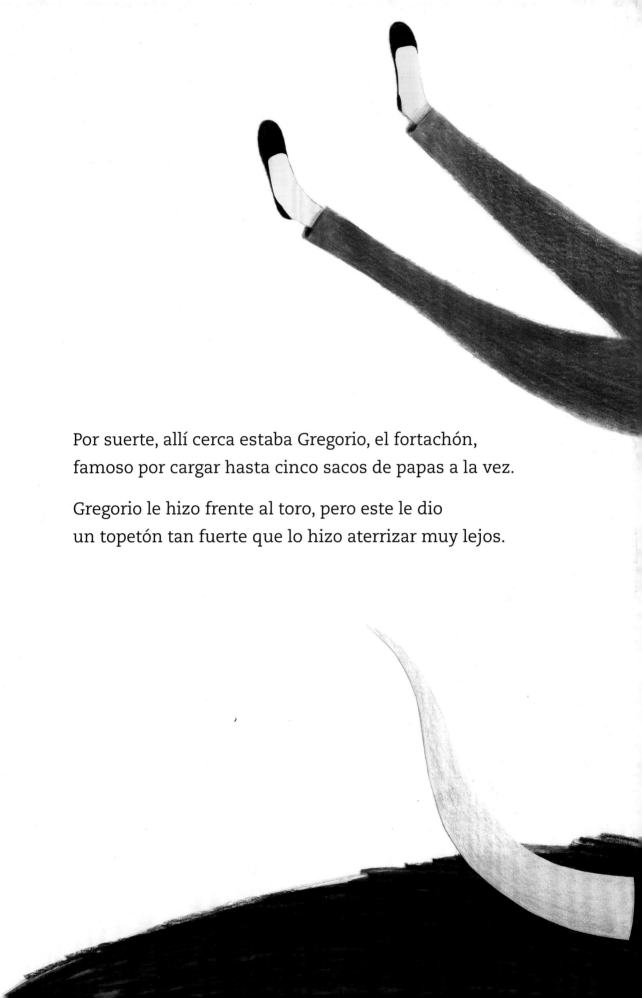

Por suerte, allí cerca estaba Gregorio, el fortachón,
famoso por cargar hasta cinco sacos de papas a la vez.

Gregorio le hizo frente al toro, pero este le dio
un topetón tan fuerte que lo hizo aterrizar muy lejos.

Entonces el padre Mario se puso frente a
la bestia y comenzó a dar un sermón en latín.
Nadie entendió ni una palabra y, al parecer,
el toro tampoco, porque no tuvo problema
en mandarlo a dar un paseo por las nubes.

Patrocinio, el mejor músico de Miraflores,
se puso a tocar el tiple, a ver si con la música
conseguía apaciguar al animal. Tal vez fue que al toro
no le gustaban las canciones tristes, pues Patrocinio
fue a parar a donde estaban los otros dos.

¡Era imposible detener a ese toro enloquecido!

Y entonces...

Toto dio un salto sobre el lomo del toro,
se agarró de sus cuernos y le sacó
una espina que tenía clavada en la nuca.

El toro se desplomó en el suelo,
rendido. Estaba cansado y aliviado
porque ya no sentía dolor.

La gente estaba feliz.
El monito fue el héroe del mercado.
Le trajeron muchas frutas y hasta
doña Briseida le regaló una arepa.
Patrocinio entonó una alegre guabina
y todos nos pusimos a cantar
al son de la música.

Mucho más tarde, en el silencio
de la noche,
mi papá y yo regresamos a casa
con un nuevo compañero.